PAROLES

PRONONCÉES SUR LA TOMBE

DE

M. P.-A. STAPFER,

LE 29 MARS 1840,

PAR M. FRÉDÉRIC MONOD,

L'UN DES PASTEURS DE L'ÉGLISE RÉFORMÉE DE PARIS,

ET PAR M. GRANDPIERRE,

DIRECTEUR DE LA MAISON DES MISSIONS ÉVANGÉLIQUES DE PARIS.

PARIS

FELIX-LOCQUIN ET COMPAGNIE,

IMPRIMEURS ET FONDEURS EN CARACTÈRES,

Rue Notre-Dame-des-Victoires, 16.

1840

PAROLES

PRONONCÉES SUR LA TOMBE DE M. P.-A. STAPFER.

—

M. MONOD.

Rarement deuil si profond, si légitime, nous réunit dans cette enceinte. Peu d'hommes sont pleurés comme est et sera pleuré dans sa famille, autour de lui et au loin, le cher et vénérable frère et ami, à la dépouille duquel nous rendons les derniers devoirs. Je le pleure, quant à moi, comme un père, et cette douloureuse cérémonie me rappelle vivement celle qui, il y a quatre ans, nous réunit à quelques pas d'ici, pour déposer en terre les restes de ce père que vous aimiez, que vous respectiez avec moi, et qui sut apprécier et aimer celui que nous pleurons aujourd'hui, comme aussi il en fut apprécié et aimé. J'ai besoin tout le premier des consolations que je demande à Dieu pour la veuve de notre ami, pour ses enfants, pour sa famille, pour nous tous.

Je les demande à Dieu, car elles ne se trouvent pas sur la

terre; mais grâces soient rendues à Dieu, il ne nous a pas laissés sans consolations dans nos afflictions, ni sans lumières dans nos ténèbres. Il a mis en évidence la vie et l'immortalité par l'Evangile. Jésus-Christ est la résurrection et la vie, et bienheureux sont ceux qui meurent en lui! Ils se reposent de leurs travaux, et leurs œuvres les suivent.

Puis donc qu'il a plu à Dieu, dans ses décrets insondables, mais toujours sages et pleins de miséricorde, de rappeler à lui notre cher et vénérable frère et ami

PHILIPPE-ALBERT STAPFER,

élevons nos cœurs, et disons avec la foi et la résignation du chrétien:

Nous rendons la terre à la terre, la poudre à la poudre, à la cendre ce qui était cendre; mais nous savons en qui nous avons cru, et nous attendons avec une pleine assurance de foi, l'apparition de notre Seigneur et Sauveur Jésus-Christ, qui ressuscitera nos corps, les transformera et les rendra semblables à son corps glorieux, selon cette puissance par laquelle toutes choses lui sont assujetties.

Repose donc en paix, dépouille périssable! Et toi, âme immortelle, âme pour le salut de laquelle le Seigneur de gloire a revêtu une chair infirme, et est mort sur une croix infâme, va, lavée dans le sang de l'Agneau de Dieu qui ôte le péché, là où la mort ne règne plus, là où il n'y a plus de deuil, plus de cris, plus de travail; là où Dieu lui-même essuie toute larme des yeux de ses enfants, dans le sein de ce Dieu-Sauveur, dont la face est un rassasiement de joie!

Vénérable ami et père, ce n'est pas sur toi que nous pleurons. Ton espérance reposait sur le bon et inébranlable fondement : Jésus-Christ , mort pour nos péchés et ressuscité pour notre justification. Ta foi est changée en vue, et tu es en possession de cette félicité éternelle à laquelle tu croyais avec tant de sincérité, avec tant de simplicité de cœur.

Nous pleurons sur ta tendre et fidèle compagne, que tu as rendue si heureuse, et dont le cœur est si déchiré ! nous pleurons sur tes enfants, sur ta famille, sur tes amis ; nous pleurons sur nous-mêmes , sur la société au milieu de laquelle tu fus une lumière et un modèle, sur l'Eglise dont tu fus l'ornement, sur les nombreuses œuvres chrétiennes, où tu étais une si forte colonne et un si puissant encouragement.

MESSIEURS ,

Je voudrais , je devrais peut-être vous tracer ici au moins une rapide esquisse de cette vie si belle, si bien remplie, et cependant si simple, si modeste.

Cette tâche est au dessus de moi, et je dois me borner à quelques mots de ma compétence.

Ainsi, dans la vie de M. Stapfer il s'est trouvé une phase politique, durant laquelle il prit part au gouvernement et aux affaires publiques de la Suisse, sa patrie ; ce n'est pas à moi d'en parler. Je dirai seulement ceci : c'est que nul n'en parlera selon la vérité sans rendre hautement témoignage à la rare loyauté , au caractère à la fois ferme et conciliant, au vrai patriotisme, que notre ami y a toujours apportés.

Et que dirai-je de sa science ? de cette intelligence vaste et profonde, qui avait tout lu , tout examiné à fond, tout appris, tout retenu, qui savait tout ? Théologie, philosophie, langues anciennes et modernes, histoire, géographie, arts, littérature, de quoi qu'il fût question, M. Stapfer en parlait comme si c'eût été l'objet unique et spécial de ses recherches et de ses études ; et jusqu'à la fin de sa vie il sut se tenir au courant des progrès de toutes ces branches des connaissances humaines.

Et avec quelle admirable et rare modestie , ou plutôt avec quelle chrétienne humilité M. Stapfer était si savant! A qui a-t-il jamais fait subir sa supériorité incontestable et incontestée ? Qui s'est jamais senti humilié à côté de lui? Il semblait, à l'entendre, que ce fût toujours à lui de s'instruire ; et il ne tenait pas à lui que le plus ignorant ne se persuadât qu'il avait en effet quelque chose à lui enseigner; car ce géant par l'intelligence était un petit enfant par le cœur, et jamais homme plus distingué par les qualités de l'esprit n'a répandu autour de lui plus de vrai bonheur, par la constante bonté , l'inaltérable sérénité, l'aimable enjouement de son caractère.

Tout cela, Messieurs, était précieux, mais tout cela a passé. J'ai hâte de vous parler de ce qui n'a pas passé, de ce qui, par ses fruits, est permanent en vie éternelle : la foi vivante et la sincère piété de notre vénérable ami. Oui , Messieurs, je bénis mon Dieu de pouvoir le proclamer devant cette tombe ouverte, et en face de l'éternité qui nous attend tous : M. Stapfer croyait à l'Evangile comme à la bonne nouvelle du salut par Jésus-Christ; il croyait à la Bible tout entière comme à la Parole inspirée de Dieu; il croyait aux doctrines fondamentales du christianisme : la chute et la corruption morale de l'homme, sa condamnation à cause de ses péchés devant le tribunal d'un Dieu juste et saint , la Divinité éternelle de notre Seigneur Jésus-Christ , la rédemption par la mort expiatoire du Sauveur sur la croix , la régénération par le Saint-Esprit.

Cette foi respire dans les remarquables discours qu'il a prononcés aux assemblées générales de nos Sociétés Bibliques, et de notre Société des Traités religieux. Ces discours demeureront comme des monuments de la vaste science, du jugement sûr et profond, de la foi et du zèle chrétien de leur auteur. Ils ont déjà fait beaucoup de bien; réunis et publiés à part, ils en feraient encore beaucoup.

Cette foi se montrait dans l'intérêt actif et cordial qu'il prenait à toutes les œuvres chrétiennes, qui sont l'espoir et un des traits caractéristiques de notre époque. M. Stapfer fut membre de tous nos comités religieux, et nul n'y a été plus assidu ni plus zélé que lui.

La vie tout entière de cet homme excellent a été une manifestation de sa foi. Dans toutes ses relations d'époux, de père, de maître, d'ami, il montrait sa foi par ses œuvres; et s'il n'est donné à personne d'avoir des convictions chrétiennes plus sincères que les siennes, il n'est donné à personne non plus de rendre ces convictions plus aimables, et d'inspirer plus d'envie de les partager. Aussi suis-je persuadé qu'au grand jour où les secrets des cœurs seront révélés, bien des âmes déclareront devant le tribunal éternel, que notre bien-aimé défunt a été, entre les mains de Dieu, l'instrument de leur conversion et de leur salut.

Vous ne serez pas surpris, Messieurs, d'apprendre que la fin d'une telle vie a été à son tour paisible et chrétienne, et qu'en présence de la mort qu'il voyait venir, notre ami a rendu à l'Evangile le même témoignage. Je me bornerai à citer deux de ses dernières paroles; elles disent tout.

Au commencement de cette semaine j'eus le privilége précieux de le voir quelques instants; voici textuellement ce qu'il dit, je ne l'ai pas oublié et ne l'oublierai pas:

dois me préparer à l'appel de Dieu, qui me sera bien-

« tôt adressé (ce mois-ci ou l'autre) , et je désire , mon cher
« ami , que vous priiez avec moi. Demandez spécialement à
« Dieu qu'il me fasse sentir plus vivement mon indignité, mes
« péchés, ma condamnation, afin que je sente plus vivement
« aussi l'immensité de sa miséricorde en Jésus-Christ, et que
« je me dispose sérieusement à sa rencontre. »

Et l'avant veille de son paisible délogement, il dit à son fils
aîné :

« Prie pour moi, cher ami; je suis condamné devant le tri-
« bunal de Dieu, à cause de mes péchés, mais je suis sauvé
« par le sang de notre Seigneur Jésus-Christ. J'ai examiné
« tous les systèmes, et je n'ai trouvé que des citernes crevas-
« sées. »

Voilà la consolation, la seule vraie consolation de sa famille
et de ses amis; notre vénérable ami croyait à la vie éternelle
par Jésus-Christ; et maintenant sa foi est changée en vue, et
son espérance en possession !

Ah! si du haut de son séjour actuel de gloire et de félicité,
il pouvait nous faire entendre sa voix, avec quel accent d'autorité et d'amour il nous dirait à tous :

« Ne vous creusez pas à vous-mêmes des citernes crevas-
« sées. Tous vos systèmes humains sont vides comme le néant.
« Détournez-vous de ces choses vaines et convertissez-vous
« au Dieu vivant et vrai dont je contemple aujourd'hui la face
« en justice. Il se révèle à vous et vous parle dans sa Parole,
« il vous la donne pour lumière et pour guide. Vous êtes
« condamnés à cause de vos péchés; mais il y a pour vous un
« salut assuré par le sang de Jésus-Christ. »

Prêtons l'oreille, Messieurs, à cette simple et puissante leçon que nous donne, comme du fond du tombeau, un savant si distingué, une si haute capacité, une si rare intelligence :

« J'ai examiné tous les systèmes et n'ai trouvé que des ci-« ternes crevassées. Je suis condamné devant le tribunal de « Dieu, à cause de mes péchés, mais je suis sauvé par le sang « de notre Seigneur Jésus-Christ. »

Plaise à Dieu que nous puissions rendre tous, sur notre lit de mort, le même témoignage ! Et ce lit de mort qui nous attend tous, nous y serons bientôt ! Nous voyons passer suc-cessivement toute la génération de nos pères en Israël, et nous devenons pères à notre tour, en attendant que nous passions aussi.

Mettons à profit leur expérience et les leçons que nous en avons reçues; redoublons de zèle et d'efforts pour nous acquitter de la portion de travail qui nous est assignée dans l'œuvre de Dieu; et préparons-nous à céder bientôt la place à ceux qui aujourd'hui sont placés vis-à-vis de nous dans la même position où nous étions placés nous-mêmes, il y a si peu d'années, vis-à-vis des amis, des pères, des modèles que nous pleurons; honorons et bénissons ainsi leur mémoire, en attendant que nous aussi nous soyons appelés au repos éternel que Jésus-Christ le Sauveur, le seul Sauveur, a acquis au prix de son sang à ceux qui se confient en lui !

Seigneur notre Dieu et notre Père, c'est à toi que nous regardons, à toi que nous venons demander de verser les consolations qui ne peuvent venir que de toi dans les cœurs déchirés de la veuve, des enfants, des parents et amis qui pleurent autour de ce tombeau, de bénir et de protéger toutes les œuvres chrétiennes pour lesquelles notre vénérable ami était un si précieux soutien ; d'avancer ton règne de vérité et de sainteté dans nos cœurs et autour de nous ; de nous convertir tous à toi, et de nous donner de marcher tous dans la voie du salut éternel, comme y marcha le bienheureux ami que tu as pris à toi, en suivant les traces de Jésus-Christ notre Seigneur et Sauveur, au nom duquel nous te prions et auquel comme à toi, Père céleste et au Saint-Esprit, soit honneur, louange et gloire, dès maintenant et à toujours ! Amen !

Que la paix soit avec les cendres de notre frère ! Que sa mémoire soit honorée et bénie ! Que la grâce de notre Seigneur Jésus-Christ, l'amour de Dieu, la communion et les consolations du Saint-Esprit soient avec sa famille affligée, avec nous et avec nos familles, dès maintenant et à toujours, dans la vie et dans la mort, pour le temps et pour l'éternité ! Amen ! Allons en paix ! Amen !

M. GRANDPIERRE.

Messieurs,

Nous éprouvons tous le besoin de dire un mot sur le bord de cette tombe ; et pourtant nous avons tous la conviction que notre silence l'honorerait bien mieux que nos paroles. C'est, Messieurs, qu'il est des êtres qui en nous quittant gravent dans nos cœurs une image d'eux-mêmes si belle et si pure, laissent des souvenirs si doux et si complets, et répandent sur leurs traces un parfum de vertu si suave et si sanctifiant, que l'amitié souffre inexprimablement de ne pouvoir dire à quel point ils étaient chéris, à quel point vénérés. Elle apparaît dans ce moment à vos yeux, si radieuse et si grande, l'âme du frère dont nous pleurons le départ, qu'il est bien difficile, pour ne pas dire impossible, d'en dire quelque chose qui ne demeure pas au-dessous de vos impressions. Vous avez tous la persuasion intime que ce que la providence nous a fait voir en sa personne, elle ne le fait pas voir deux fois dans l'espace d'une génération, pas deux fois peut-être dans le cours d'un siècle : l'alliance du plus haut savoir, et de la plus profonde piété.

Cet homme, pour qui l'histoire n'avait aucun secret, aux yeux de qui toute l'antiquité s'était dévoilée, qui connaissait les langues anciennes et orientales, comme peu d'hommes les connaissent, qui par de laborieux travaux, et l'esprit le plus pénétrant, s'était tellement rendus familiers tous les systèmes de philosophie ancienne et moderne, qu'on eût dit qu'il les avait trouvés lui-même, qui avait étudié avec un plein succès toutes les branches de la théologie, qui se tenait au courant des progrès de la science dans tous les domaines du savoir humain, qui, avec et malgré cette prodigieuse érudition, avait conservé en littérature le tact le plus sûr et le goût le plus exquis, et dont la vaste instruction était si bien digérée, si parfaitement mûrie, tellement présente, qu'à chaque instant et sans qu'il fût besoin d'aucune recherche, elle était toujours à la disposition de ses nombreux amis : cet homme, Messieurs, était en même temps l'un des plus humbles disciples de Jésus-Christ, et il ne parlait jamais sans émotion, et dans les derniers temps de sa vie, sans laisser voir des yeux mouillés de larmes, de l'amour du Dieu-Sauveur.

O vous, qui avez eu le bonheur d'être admis à son intimité,

vous savez tout ce qu'il y avait d'aimable dans son commerce, et dans sa parole de gracieux, de bienveillant, de constamment affectueux ; vous savez s'il s'est jamais prévalu de son immense savoir auprès des petits, des ignorants (et qui ne se sentait petit et ignorant à côté de lui ?); vous savez comme l'on prenait confiance et l'on se sentait encouragé dans la société d'un homme, qui oubliant ce qu'il avait acquis, pour ne songer qu'à ce qu'il pouvait acquérir encore, parvenait presque à vous faire croire qu'il avait quelque chose à apprendre de vous ; vous savez si, inébranlable dans la vérité évangélique, il a jamais été infidèle à ses convictions chrétiennes, s'il les a jamais cachées, s'il n'en a pas toujours fait la plus franche profession, et en même temps vous savez s'il était plein de condescendance, de support et d'amour envers ceux qui ne partageaient pas sa foi et qu'il pouvait croire dans l'erreur.

Messieurs, ce que vous voyez là dans cette fosse, c'est certainement la dépouille du plus grand théologien de notre époque, de l'un des savants les plus accomplis qui aient illustré notre génération, mais c'est quelque chose de plus, c'est aussi, c'est surtout la dépouille de l'un des plus vrais, des plus fidèles serviteurs de notre Seigneur et Sauveur Jésus-Christ.

Que de richesses d'érudition enfouies dans ce cercueil ! mais. que dis-je ! non, rien de tout cela n'est perdu. Cet esprit dont de solides études agrandirent la vaste capacité, voit maintenant la parfaite lumière ; ce cœur qui demeura si sensible, si aimant, si tendre, dans une carrière, et au milieu d'études qui en dessèchent ou en rétrécissent tant d'autres, goûte à l'heure qu'il est, les délices de la communion de Christ et de ses élus ; cette âme qu'élevèrent et ennoblirent de si hautes méditations, contemple aujourd'hui le Dieu trois fois saint, et s'absorbe dans l'adoration du mystère de l'ineffable charité. Ne lui envions pas son bonheur, il est immense; ajoutons, il est aussi légitime qu'il est possible. L'on doit être bien heureux dans le sein du Dieu de la grâce, quand on a possédé à ce degré sur la terre, les dispositions qui font la vie du citoyen du ciel.

Oui, jouissez de votre félicité, ô mon bien aimé compatriote, ô notre frère, ô notre ami, ô notre père, vous que nous nous plaisions à envisager comme notre patriarche, vous qui marchiez à notre tête et dont nous nous félicitions de pouvoir suivre les traces, vous qui par votre sagesse et vos conseils autant que par l'autorité de votre nom étiez, sans le savoir et sans le croire, l'appui et le soutien de vos frères plus jeunes et moins expérimentés. Voici, nous voulons apprendre de vous à joindre à la piété la science, à l'inflexibilité des principes la débonnaireté, à la fermeté et au zèle du croyant, la sagesse, à la simplicité de la colombe, la prudence et la discrétion. Comme vous pour vaincre, nous ne voulons employer d'autres armes que celle qu'avoue l'Evangile; comme vous, nous ne voulons combattre et triompher, que comme doivent le faire les inoffensives brebis du bon Pasteur, par la vérité unie à la charité. Ainsi nous profiterons de vos pieux et saints exemples, ainsi nous honorerons dignement votre mémoire : c'est le plus bel éloge que nous puissions faire de vous; c'est le plus durable et le plus glorieux monument que nous puissions vous élever.

Adieu donc. Adieu de la part de tous les membres de ces nombreux comités des Sociétés Biblique, Missionnaire, Evangélique, des Traités, Helvétique, et de tant d'autres, qui étaient si heureuses de vous voir à leur tête, que vous instruisiez et fortifiiez par vos admirables discours, et qui vous considéraient toutes comme l'une de leurs gloires et leur plus bel ornement.

Adieu, de la part de ces humbles missionnaires français, qui, au fond des déserts de l'Afrique, n'ont point oublié ce qu'ils vous doivent, et qui continuent de vous rendre dans le secret de leur cœur le culte d'une filiale et respectueuse amitié. Adieu de la part des élèves de la Maison des Missions évangéliques dont vous stimuliez l'ardeur pour les études, et que votre présence, chose étonnante, n'intimida jamais, tant vous saviez devant eux comme devant tous voiler le savant derrière la simplicité de l'enfant. Adieu de la part d'un frère, et puisque vous daigniez vous-même l'appeler de ce nom, de la part d'un ami qui ne se reconnut jamais plus indigne de votre amitié, que dans ce moment, où votre image se présente à lui dégagée de tout ce qu'elle avait de terrestre et de mortel. Adieu de la part de nous tous, qui vous avons chéri autant que vénéré. Adieu! au revoir!

Nous pleurons, mais non comme ceux qui sont sans espérance; nous pleurons, mais comme ceux qui savent qu'il y a un repos après la fatigue, et une couronne après le combat; nous pleurons, mais avec l'espérance qu'au bienheureux séjour où vous êtes allé, nous vous retrouverons tout entier pour vous aimer mieux, et jouir de vous plus que nous ne le fîmes jamais sur cette terre.